AQUARIUS

AQUARIUS

AQUARIUS

AQUARIUS

每個人心中都有一座島嶼，
藉文字呼息而靜謐，
Island，我們心靈的岸。

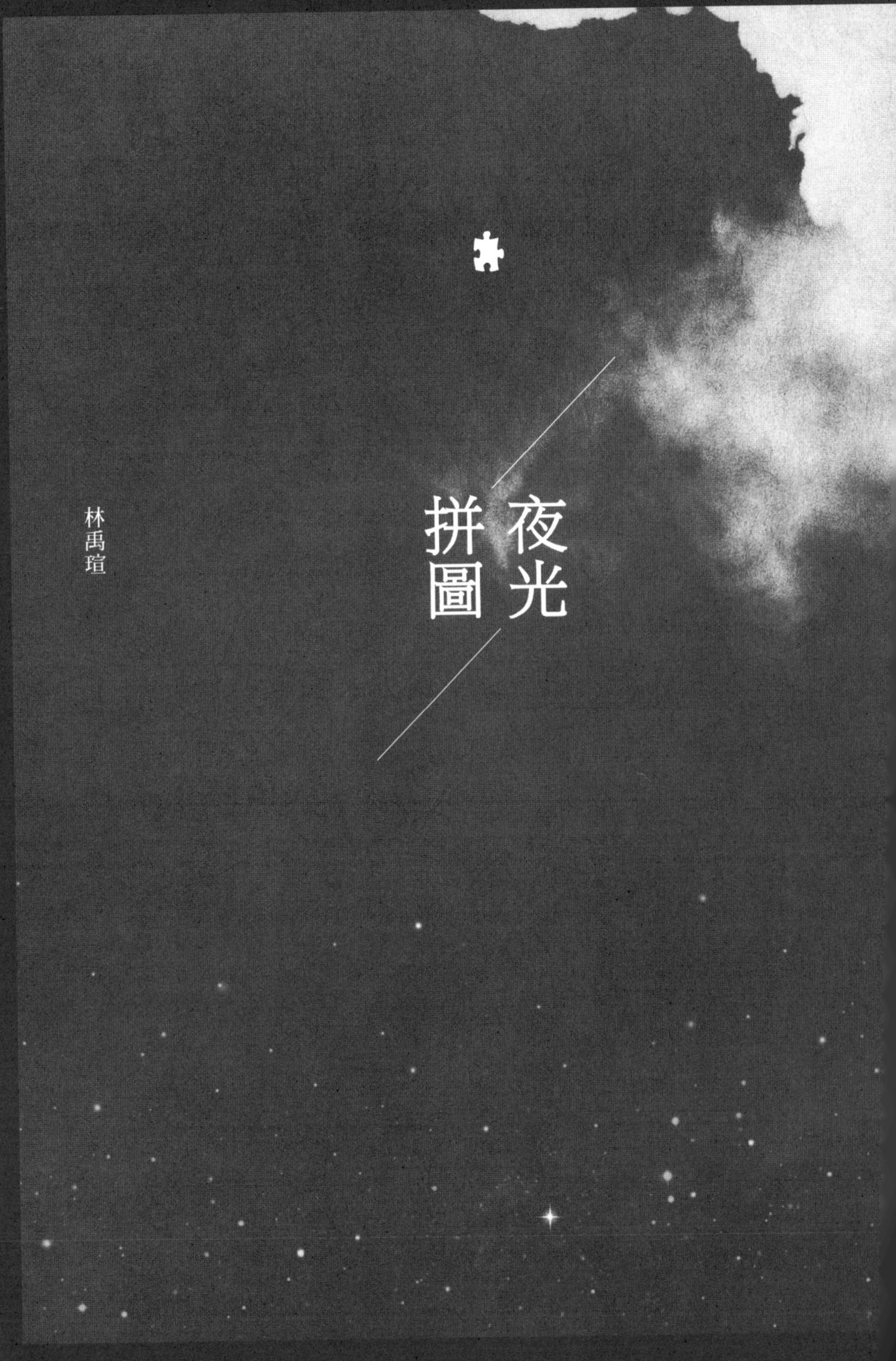
夜光拼圖
林禹瑄

〈推薦一〉

內斂的青春旗手

陳芳明

她是我所認識最年輕也最早慧的詩人。七年級後段班，一九八九年出生。今年二十三歲，詩齡已近九年。害羞，靦腆，卻充滿自信，這是林禹瑄給人的最初印象。她善於靜靜觀察外面那世界，藉著外物反射她內在的風景。騷動的靈魂，飄搖不定，浮現於詩句時，則凝止如一瓶靜物。她唱出的歌，低調，知性，疏離，淡漠。意象不停替換，讓讀者以為已經捉住，瞬間立即又溜走。她不是抒情歌手，但肯定是青春旗手。對於情愛，從不熾熱擁抱，而是獨自在心靈底層細細反芻咀嚼。她吞噬憂愁，吐出的則是明亮心情。對於她所生存的時代，不發一語。寫詩時，則勇敢以筆干涉。她很少喧譁，只是用銳利眼光掃射粗礪現實。

她這個世代，往往被詬病沒有特色與風格。這種評語，完全是因為我們品詩的脾性已經受制於前行代美學。台灣新詩的現代主義運動始於一九五〇年代，到達林禹瑄時，半世紀已經過去。累積起來的藝術成就，足以睥睨漢語詩的世界。這個運動投射下來的長影，遮蔽了後來的多少詩人。文學史也許證明，後來的創作者並不必然就比前人優秀。或者說，影響焦慮往往使年輕詩人走投無路。長期生活在這傳統下，讀詩似乎也養成了一套既定的欣賞標準。林禹瑄受到議論，說她頗像某一詩人，卻又無法指出如何相似。對於新世紀的台灣新世代，不宜這樣遽下論斷。他們畢竟才出發不久，還在尋找自己的語言，還在確認自己的節奏，也還在學習如何掙脫前世代的陰影。如果以較為寬鬆的態度看待，應該是觀察他們現階段具備怎樣的創作潛能，無須性急地以既定標準給予苛求。

七年級的她，能夠被看到，並不是獲獎無數，而是她辛勤書寫，毫不間斷。十七歲就以〈那些我們名之為島的〉一詩獲得台積電首獎，但那才正要預告她後來創作的起點。得獎作品，便成為她第一冊詩集的書名。辛勤，不是抽象的形容詞，她總是專注於一個主題，反覆求索，渲染成為巨幅連作。收入第一本詩集的「寫給鋼琴」系列詩作，利用聲音演奏，敲打出幽微的情緒。現在這第二冊詩集《夜光拼圖》，也是密集營造與書名同題的詩作，連續二十二首，分布在書中四輯。像是練習曲，又像是舞曲，在篇幅有限的詩行裡，掌握一定的感覺，順利完成簡單或複雜的素描。她不貪多，卻維持不滅的火苗，等待恰當時機星火燎原。寫詩已經不純然是仰賴才情，她具有一份傲慢的意志，堅決抵抗時間，讓意念轉化成意象，終於釀造成詩句。在年輕世代的行列裡，她是卓然成家的罕見少數。

正在出發的這位年輕詩人，令人特別重視的理由，就在於她孜孜不倦嘗試翻新各種句式與語法。她可能在夏宇那邊獲得些微啟悟，但又不盡然相同。夏宇的詩行有些狡黠，文字盡量切斷，造成巧思，引起聯想。禹瑄也是該斷則斷，把不同意象羅列起來，製造語義上的衝突，簡潔而耐人尋味。「夜光拼圖」系列，以都市為中心，以青春為主軸，環環相扣，描繪著躊躇不安的寄居場景。如果年齡是流離失所的象徵，青春就是無可駐足的驛站。在啟蒙歲月中，有太多的惆悵，也有過剩的忐忑。在不斷告別過去時，面對的是不確定的未來，而且無法遁逃。來自南部小鎮的林禹瑄，落入不眠的都市夜晚，必須反覆咀嚼懷舊病與烏托邦。她以各種相生相剋的意象概括內心的矛盾。例如第七首：「發癢的義肢／新漆的牆／一個不斷漏水的杯子」，堆疊出沒有感覺，難以收束的處境。或者第十三首說：「我們是比較快樂一點的／那種悲劇」，以矛盾語法創造出豐富想像。或者第四首：「喧譁，黏膩，於今盤桓／在你後頸，安安靜靜／蛻成一只蛇皮」，從生氣勃勃到死氣沉沉，僅僅三行，就完成過渡。這些生動的實例，足以證明她並不耽溺於文字鍛鑄，而是乞靈於悖反語意的銜接。

「夜光拼圖」是青春成長期的蛛絲馬跡，對於愛情的追求與幻滅，夢想與願望的乍起乍落，讀來有時不免感傷。她的詩行一直是在風塵僕僕的旅路上，時間與空間的旅行相互交錯，心理與地理的流動未嘗稍止。在持續移轉的歲月裡，她反而選擇緩慢的節奏呈現內在世界。她善於使用跨句，使過多情感可以分散。她是年少詩人群中，擅長讓情感受到節制的少有者。稱她是知性詩人，是因為她相當警覺不讓情緒過於氾濫。

她到達柏林圍牆時，正好二十歲。出生於一九八九年的詩人，未及參與那個時代的關鍵轉變。民主之風席捲了亞洲到歐洲，也拆解了看見的與看不見的鐵絲網。直到青春年華盛放之際，她才踏上歐洲之旅，到達柏林，終於與傳說中的歷史相遇。當她撫摸那倒塌的圍牆磚塊，心情想必激動不已。詩集裡的長詩〈牆外——於柏林圍牆倒塌二十週年〉，典型表現了她的內斂風格。當年柏林城市的孤立，她以如下詩行鮮明地彰顯出來：「還記得嗎，那道牆／穿過三座森林、十條河流／和五百個荒蕪的陽台／將嘆息與陰影分開／把光和自由圈養起來」。在中間，她有意置入「五百個荒蕪的陽台」，為的是不要淪為地景的純粹描繪，陽台之所以荒蕪，是因為光與自由已經遭到隔離。數字五百，看似精確，卻帶著嘲弄。

對於激情的歷史，許多人習慣用節慶或狂歡來詮釋。但是，她寧可抱持旁觀的態度。林禹瑄的冷靜，於此更加清楚，當她寫出這樣的詩行：「他們拆除了所有昨天／並為此創建了眾多節慶與花園／而我們仍舊逐日醒來，逐日／被困在一個個太美麗的明天」。這是此詩最強悍有力的地方，她不願與眾人一起歌頌歷史，因為不想被困綁在太過美麗的許諾。這正好呼應了詩的開頭：「他們說：所有真理都曾是／太過堅實的謊言」。美麗的夢想，會不會是另外一種謊話？在這裡，她又一次恰如其分地流露出知性的思維。她並不感情用事，詩的睿智與銳利，於此形成它邏輯嚴謹的結構。

類似的思考方式，也表現在「夜光拼圖」第二十首：「彷彿攤開報紙，一千輛坦克／轟轟壓過眼前」。用誇示的句法，表示對政治與時事的關心。她藉由寫詩來干涉現實，較諸同世代的年輕人有過之而無不及。政治並非庸俗，而是如何以恰當態度介入。她與戀人「談論年代與廣場／鮮血與花／想像一些過盛的死亡」，足以反襯她對時代的觸覺仍然保持非常敏感。在詩行之間，她的關切極為雍容，完全不落俗套。

受到更多議論的〈對坐——給Y〉，寫的是感情的疏離。每當涉及愛情，林禹瑄總是顧左右而言他。她把細微、瑣碎、片段的事物不斷插入詩中，好像要分攤過重的感情。對情人來說，對坐，自然就是相望。但也只是相望，並未構成纏綿悱惻。心靈深處的對話，在實際生活裡反而是對峙。「那時我們仍保有各自的疾病／和一些隱喻，保有幾行對白／談論天氣與愛情、晚餐與饑荒／尚未顯得拘謹」，顯示相處的兩人，猶各懷心機，毫無交集。細節的鋪排，可以體會詩人盡量避開敏感議題，再三偏離兩人所關切的主軸。這首詩，是否記錄著情人之間的由熱入淡，頗費猜疑，但可以確認的是，這場戀愛已經步入冷卻。就像詩的最後五行，暗示了情感的沒落：「世界分作兩堤，我們對坐／逐日擺渡小小的死亡和夢／那時屋簷對坐屋簷，窗對坐窗／沒有暴雨穿行而過，一雙眼睛／看見了彼此，始終沒有擁抱」。她旁觀世界，也旁觀自己。站在一個抽離的位置，好像可以從事哲學分析，完全解構自己。這正是林禹瑄詩學最迷人也最惱人的地方。

身為台大牙醫系的學生，她的知識訓練與藝術實踐好像也是相互對坐。這可能是她未來創作的資產，永遠站在相對的觀點，處理醫學與詩學，可以相互牽動，也可以避免相互干擾。她可能不會成為文字魔術師，只是專注在遮蔽的技藝。她的語言明朗而開放，當新世代詩人被批評沒有自己的語言，林禹瑄的作品當可勝任成為最佳雄辯。抒情傳統一直是戰後台灣現代詩的主流，知性詩學似乎未受到重視。早期的方思、黃荷生、吳望堯，都是值得重新評估的寫手。林禹瑄可能有她的師承，夏宇也許是可疑的啟蒙者，但又不是那麼確切。或者說，她綜合所有閱讀的經驗，自我消化並醸造之後，逐漸開出屬於自己的格局。對於一個甫臻二十三歲的詩人，不必過於迫切給她壓力。容許她在時間淘洗中緩緩成熟，當她告別青春，告別學院，她將握有一支富有自信的詩筆。詩壇的寫手，都是她的前輩。但是，作為一個青春旗手，她所創造的藝術特質，卻是前輩無可比擬。她擁有熾熱的心，吐露出來竟是內斂冷酷的語言，唯有她具備這種獨門技法。

二〇一三年七月十一日
加州聖荷西旅次

目錄

牆外

我們的輪軌欠缺良好的比方

愛著並且沒有損壞

夜光拼圖01

「關於夏天的末尾，我想
我們都私有一個過於龐雜的情節……」
就這樣開始，我們對待時間
難得良善如寫一張便箋
難得樂意拼湊詞句
如同背光撿拾生活的碎片
何以尋找、何以安置
我們從來就不能僅是

一個可圖說
且氣候簡明的季節

夜光拼圖14

時間停在這裡
電梯上樓，沒有更多
猜想鑰匙轉動另個門鎖
冰箱裡，晚餐開始溫暖
情緒逐一點亮
隔鄰有親切的口音
抱著魚缸，開始說話
細數所有裂隙，所有碎片

反光為鏡，鏡子裡發現自己
如門外一雙陌生的鞋
坦然、羞怯
而輕易佔領了誰的生活：

開門之後，也曾有過這樣一種
我們稱之為習慣或者夢

夜光拼圖07

我們挨著彼此，坐下
倒帶，在關鍵時刻前一秒
暫停如廁，愛上同一個場景
想起不同的人，明白了一點生命
或者時間，簡單、空洞
沒有更多。譬如睡眠、進食
以及小小感傷之一日
譬如耗費整個假期

著迷於一齣經典的悲劇：
發癢的義肢
新漆的牆
一個不斷漏水的杯子
沒有人因此哭泣。

讓我為你跳這樣的芭蕾

讓我為你跳這樣的芭蕾

必須這樣想像：有一束光
從每個早晨穿過愛與笑聲
來到腳下，我輕頓、跳躍
將夢境翻身成一種信仰
在窗子和天空的間隙
找到一支芭蕾正確的比方，譬如陀螺

之於這個懨懨運行的星球
我旋轉、旋轉，高舉雙手
脫去多餘的氣味、顏色

那些汗水，如同日日夜夜
環城地鐵吐出的人群
在繁複的街巷裡聚集又散去
我的疲倦如此優雅，不作聲
穿越一列路燈的明暗
或一座森林，安置所有陰鬱的思緒

得以呼吸，穿戴太過蒼白的時間
旋轉，看見我們的生活與願望
同等冗長：讓我為你跳這樣的芭蕾
並且想像，有一束光
在每個早晨都有不重複的舞步和信仰

陽台

「而一切自然是更為寬廣的。」
你說，關於我們所忘卻
以及未能記起的種種
那些，起初是階梯
後來是窗，窗台上
不意叢生的憂傷
盤綣、纏繞，將日子包裹
如同我們栽植一株藤蔓
將向陽那邊的欄杆串縮起來
綠與鐵灰，夢與風暴交錯

的這個季節。我們推窗
而一切自然更為寬廣——
離開長年積水的房間
時間變得乾燥，易於裁剪、
分辨我們愈形擁擠的思緒
曾經我們豢有一缸水草
和端坐其中的烏龜
始終蕪雜，並且篤定
於今都探出水面
而因此習得陰晴的方式：
我們晾曬，用一條發霉的繩子
讓所有記憶井然
懸掛，面對長長的巷弄
和狹窄的雲色天光

都平靜、拘謹，無人應答
而一切自然更為寬廣

屋頂的沙發

於是我們回到屋頂的沙發
討論未及過境的颱風
或者過期多日的罐頭，罐頭上
霉黑、潦草的地圖
面對整座發皺的城市
假意尋找一盞失溫的路燈
預謀擁抱，預謀溼透的手帕
如同那些紙條陳年

摺疊、反覆，日期言不及義
我們假意渺小

其實很好。一些情緒途經另一些
沒有說話，屋頂上
無人的沙發
擁有清潔的面貌，寬大且合宜
我們坐進去，可以呼吸
可以容納天色深沉，編派、
置放季節的聚散，失落的情節
都有足夠侷促的口袋
彷彿我們，肩並著肩
忽然感到擁擠

但沒有離開，我們的沙發
漸次柔軟、溫暖，可以體貼
願望就能堅硬起來：
在下一場暴雨之前
我們的心都變得透明
而善於毀壞

在無人的公共廁所

孤獨也曾顯得羞怯
以至猥瑣，在無人的公共廁所
貧於作夢而晚起的下午
遠方樂園的輪軸正緩緩啟動：
歡愉、自由，以及甘心的恐懼
如同此刻漸次醒轉的生活
回到較為焦躁的情節
讓表情一一就位
在鏡子面前合乎禮節
重新練習問好，練習使用

「折讓」這個字眼：
讓思緒平靜，水聲不再
感到歇斯底里
一切有最嫻好的外形
譬如無人掀動的門，
門的裡面
按下沖水旋鈕，出現一萬道波紋
此時忽然有了隱喻
震盪，決心抄寫一些詩句：
那些無人窺視的場景我們稱之為自作多情

夜光拼圖08

沒有人因此哭泣，在這裡
時間尚未顯得可悲：有人離席
有人繼續生活，倒掉
隔夜的咖啡，觀看
一場沒有主角的偶戲。
一些情緒更新成為動態
塗鴉你的側臉得以
面對這個世界，平凡、沉默
而不致感到羞愧

都是這樣。你行走
加入日子繁複的秩序
自轉、公轉，加入一些數字
小心成為比較巨大的部分
你沒有爭執，相信自己大多時候
看起來無關；相信跟著說讚
會開始慢慢有愛，都是這樣
擁有相似的感傷，輕易消失
輕易遇見知己，成為
別人最珍貴的那個影子

速寫

總是不免被留下
成為各自燦爛的光影
擁有情緒曖昧的生活，生活中
無意識的計數種種
比如你開了幾次窗
沖幾壺茶，幾次與對街之人彼此端詳
面海的牆上風景十分躁鬱

流徙

是我行將遷離的房間：
窗台有雨，雨淹過書冊
置留多時的水位與思緒
依舊稜角有致
牆壁褪回夏天的顏色
燃起一些灰塵如生鏽的燈
在比雷雨更深的夜裡
傘掛在門上，情節離開日記

一些過剩的情緒業已裝箱
並盡力保持完整的外形
（保持優雅、警醒
而得以成為蒼涼的風景）

如同我身在其間，感覺經年
嫻熟於所有曲折的途徑
像壞了又壞的鑰匙
在疏於拆解的門鎖之後
擁有過多獨處的日子：
照看一株盆栽，灑掃亭台
以及蔓生的夢境；
使用較為生澀的語彙
和世界交換晴暗

如同一只抽屜開闔交談

拘謹，而漫不經心
對待我所遺失的風景、
枯乾的蛹
或者一盒生鏽的耳環
關於丟棄與未曾丟棄、該與不該
在陌生的照片角落
認真塗上自己的影子
「一切仍在涉入，一切的」
話題得到整頓，姿態修正
可疑的記憶都將再次
擁有複雜嶄新的位址
於今蜷縮門口，安安靜靜

如一張飛過大洋的明信片
篤定、輕盈、無有時差

橫斷

雨停的時候我們沒有說話
沒有離開
正午的咖啡館，禮拜三
沒有離開這個星期
一些夢境藏在咖啡裡
領悟了一些透明
且過於堅強的感傷：

門前的傘仍淫漉未竟
彷彿一列多年曬晾的內衣
一個家庭，彷彿我們
看一幅畫
想著不在畫裡的人
並肩而陌生

方格旅行

也曾擁有簡單的日子
睡同一張床，打開同一扇門
留下各自比較真實的部分，離開
同一個夢境，有同樣的鑰匙
收進最破舊的那只鞋子
我們安安靜靜，藏好情緒
彷彿錯綜街巷裡
一只善於模仿的棋子

渺小而拘謹，前行、後退
上車、下車，試圖被淹沒

試圖找到席位，在地底
緊貼彼此

而同時感到孤寂
穿越整座城市的晴雨
穿越頭版新聞、股市、手機簡訊
我們沉默、低頭
像懷著一個共有的祕密
排隊度日：今天的香水
蓋上昨天，穿同一雙鞋
遇見同樣陌生的臉

走上電扶梯，記憶靠右
時間往左匆匆而過
這樣簡單的日子：買同一家咖啡
刷同一張卡片，在街上
計畫下一場戀情、下一趟旅行
離開同一個出口
面對同一株行道樹
始終身在行伍
始終沒有移動

夜光拼圖16

整個上午蛻成一只蛇皮
慢慢醒來，感到乾燥、孤獨
慢慢陳舊。你點燈、開窗
煎一枚荷包蛋，讓屋子充滿陰天
塵埃都安靜下來
也不過一個季節，
等待冰箱慢慢融化，杯子慢慢碎裂
多年後有這麼一天
候鳥陸續起飛，你打掃、進食
咀嚼一些碎屑，數算雨天和時間

像一只太滿的抽屜
被你打翻，抽屜裡
一張照片，照片上的臉
忽然又紛紛明亮起來

地下捷運近午夜

總是這樣，我們穿越
一列路燈挺舉的光影、巨大的店招
和過多陌生的臉孔與顏色
相遇於此，面對彼此妝糊的疲憊
總是這樣，用發腫的腳跟摩擦
取暖，燃亮一日之空白
如闇夜的城市，疾行的地道
與窗上我們殘缺的側影

或者寂寞，在寥落的車廂

小心摺好鬆皺的裙襬
放進角落
靜聽輪軸與軌道反覆熨燙，反覆相撞
時間嘈雜之上總有妳
難以駐足的地方。我們
靜聽無聲的心事，捧起一車
纖弱且刺眼的燈光，相互體貼
總是這樣，在到站之前
交換當晚的夢境好扶起
太沉的睫毛，跨越日子與日子的間隙
回到世界，而免於跌跤

冬日下午彈莫札特

畢竟不是臨時起意：
莫札特髮間有雪，我們離開
冬日的無人大街
在橋墩底下找到唱盤、幾個琴鍵
和它們的陰影
瘦削、眼睛發光而早慧
緊緊懷抱我們天真
而輕盈、可悲的思緒
適於一些斷奏、大量切分音

在大調的旋律裡
讓悲傷明亮且合宜——
冬日下午，氣象憂鬱
沿莫札特的音階上行
有人越過斑駁的年月
長出了神童的背影

面對這個世界、這個冬天
我們相互和弦的孤寂
畢竟不是偶然，不是臨時起意
選擇稚氣的神色
選擇擁有陰影
離開最後一節變奏，我們的
莫札特收拾好鋼琴
心不在焉說他有趟雪地的旅行

我們——在除夕

這是最後一日，我們圍坐在此
面對一桌沸騰的夜晚
端詳彼此的沉默與飢餓
如此節制，彷彿日子
不曾有過剩的影子，不曾虛度憂傷
世界不曾顯得寬敞，我們的夢境
不曾有過遠方

在這個相形巨大的城市
沒有人終將離席，我們咀嚼、

微笑，試圖撿拾一些骨骸
填補時間的空洞
讓欲望飽滿，一如記憶
讓陌生的臉孔同等世故
話題和菜色來去自如
而我們的謊言依舊天真、拘謹
面向一盞燈光明朗
相信背對門窗
就有年復一年的願望與失望：
我們始終坐著，等待
明天過後
黑夜又回到觸手未及的地方

夜光拼圖13

也曾有過這樣一種
星期六早晨，停電的房間裡
忽然安靜下來
成為多餘的人

「我們是比較快樂一點的
那種悲劇。」你沒作聲，
照養幾雙皮鞋如照養盆栽
面向陰影，計畫一趟遠行
將門打開，計畫樓梯敲響
。

誰恰好不在

一些徒勞的情節裡
有人做夢，有人離開
有人來回扳弄開關
遲遲未亮的電燈
被編寫成另一種愛

夜光拼圖09

那時我們忙於編寫
一齣過於感傷的默劇，故事簡明
人物稀落，在適當的轉角
擁有華麗的布景：
情緒從未多餘，表情誇張
而徹底真誠，練習寒暄
逐日談論天氣
或者更為重要的細節，我們選擇
一些交談用音樂掩蓋

另一些則有錯譯

且遲來的對白

夜光拼圖04

僅僅溼了一點……
你攤開透明的傘
攤開不成雙的襪子、手套
和無領大衣，衣櫃裡
一些臉孔模糊、潮皺
像你曾擦肩的所有雨季
喧譁、黏膩，於今盤桓
在你後頸，安安靜靜
蛻成一只蛇皮

。

牆外

牆外——於柏林圍牆倒塌二十週年

他們說：所有真理都曾是
太過堅實的謊言

還記得嗎，那道牆
穿過三座森林、十條河流
和五百個荒蕪的陽台
將嘆息與陰影分開
把光和自由圈養起來
像海困住一座島的氣候
而我們在比較乾燥這端
出生、行走、練習撐傘

偶爾眺望彼岸，那道牆
起初是鐵絲網，後來是磚
彷彿我們的習性、生活
在小小的門窗之間
被刀叉和鞋襪建造起來
一道環狀的牆，讓世界對我們
始終置身於外——
眾聲喧譁，我們的沉默浮貼於壁
如此狹窄，和影子一起
在日升日落裡漸次透明、稀薄

那道牆，你是否記得
曾經我們鑿開細縫，竊聽雷鳴

或者窺視一場暴雨

曾經我們祈禱陽光都熄滅，我們的
願望都善於躲藏和跳躍
我們游泳、跳樓、挖掘地道
在每晚的夢境之間
閃避一顆子彈
如同閃避一個早晨
以及所有曾試圖逃離的餐桌和窗口

「最好倒下。」他們有了新的說法
關於愛和信仰
或這道牆，被塗鴉割據
被酒精淹沒，搗成碎片
再收編進歷史的玻璃櫃

僅僅一個黑夜，他們說
他們拆除了所有昨天
並為此創建了眾多節慶與花園
而我們仍舊逐日醒來，逐日
被困在一個個太美麗的明天

「人們需要一些可見的、
真實可觸的……」他們解釋，他們狂歡
我懂，所謂時間的梗概，紀念
一些可供觀光的情節所謂謊言
悲傷、歡快、憤懣、愉悅……
二十年了，我們的孤獨
還端坐在牆的裡面，沉默、固執
反覆練習撐太堅實的傘

然後明白：世界並不會因為一場暴雨
而安靜下來

新生之島

這樣眺望彼岸，其實很簡單
一座新生的島嶼，如同所有
未及長成的森林，你睜開眼
便輕易馴養了無端繁雜的枝葉與光影
得以辨明，海流移來群沙堆積
哪些是憂傷、哪些憤懣
來自哪座山頭善意的遺棄

我們新生的島嶼，得以擁有形狀優美的草原
或者盆地，讓過多的石頭得以安置
而不再逗留每扇上鎖的門前
讓所有屋頂敞開，比一隻鴿子
更接近日出與日落，更通曉星圖
並藉此預知了沒有大霧

也沒有大雨的季節，在島上
每日的氣溫理當合宜
如群眾美好的德性，倘若有誤
也理當是一列路燈可拆換的光明
我們看見，一些廣告單盤聚如蝶
斑斕、樂觀，理當缺少謊言
落下來就疊成一年份的早報

和一座花園，圈有我們偏愛的物種
和同等豐盈的時間，為此
我們將制定四百種節慶，沒有一天
得以從喧鬧倖免；沒有神祇
足堪擁抱一香爐日夜不熄的心願
彷彿環島的地鐵，穿過愛與死亡、
夢境與信仰，在新生的島上
歷史可以是背光的軌道，語言可以
是空蕩的月台，影子可以沒有名姓

不交談，像潮汐來去
讓每粒沙都擁有自由的秩序
其實很簡單，當我們背對整個世界

安靜下來，眺望彼岸
一座新生的島嶼，孤獨且溫馴
足夠我們植下所有繁雜的枝葉與光影
在森林長成以前，輕易地
堆積、穿越一個世界然後遺棄
來到彼岸，眺望新的洋面
便有島嶼，畢竟我們的生命如此有沙的質地

夜光拼圖20

忽然夏天把我們變得很灰
給我們形狀崎嶇的傘，讓我們相似
彷彿攤開報紙，一千輛坦克
轟轟壓過眼前
讓我們善於擁抱，放下蔬食、手機
和未及更新的戀情
談論年代與廣場、
鮮血與花

想像一些過盛的死亡，確認自己
有所感懷，在人群裡
有行止合宜的憤慨
而得以擁有公平的企圖
解釋這一天、這個夏天
用同樣的照片
紀念同一張臉
沒人能懂，下雨了我們撐傘
躲開子彈，僅僅溼了一點
又灰了一點

十二月

星期一上午
魚缸變成湖水綠
持續感傷，面對鞋櫃
終於又開始寫一首詩
關於想念你的一百種姿勢：
「我們即將錯過親吻
這個冬天，」所有小學的操場
都有慶典，所有情緒

都有遊行的藉口
在我們最相愛的那條路上
有人暫時失去陰影
有人自焚

三七仔——在2010

「如何擁有一種早晨，
冷淡、甜蜜讓人清醒
而無所恐懼？」
早晨，三七仔像一隻蟻
和人群一起穿越地底
攤開發皺的報紙，昨天的故事簡化
如同今天，有相同的疲憊拎著
相同的早點，讀到相同的標題

標題下有相同的問題
三七仔背抵車門，猜想地面的天氣
和手機裡尚未抵達的簡訊
猜想玻璃上有全新的自己，「禁止飲食」之後
有全新的標語：
他很餓，他沒有問題

關於季節，關於日期
或者任何潛在的秩序
三七仔懂得，當列車擦肩
在城市底下穿行，所有撥出的號碼
錯過彼此，擊響正確的位址
關於黑暗與沉默，發生
與未曾發生，譬如又一個夏季

六月四日，上午七點三十分
他出生的年代重新具象
成為話題：一張修復之後
過於鮮豔的圖片，安安靜靜
並列在今日氣象的左邊
——三七仔們一起翻頁
記下降雨機率、特價品
和星座運勢的細節
一起讓咖啡裡的冰塊融化、
碰撞，像那些細小的喜悅與悲傷
發出刺耳的聲響

沒有人聽見，一節車廂移動著
沒有人行走，千百雙鞋裡

慎重藏有各自的情緒
「而孤寂和自由恰恰等輕。」
三七仔明白，他的影子沒有輪廓
在每個夜晚，站到街燈底下
試圖讓自己發光
發光，以擁有更多信仰
如同地底的廣告看板，一句標語
顯得明亮、多情
面對遠方漸次成形的氣旋
以及無聲的戰事，三七仔摺起報紙
相信這世界一切守時，下一分鐘
門將開啟，出口將有美好的生活
相信日照下有明暗得宜的秩序：紅燈，綠燈
而此刻他們一路前行，無晴無雨

你們——給饑童

背對刺眼的月光，踏過影子
圍著夜色深邃的垃圾袋、這城市
吐落的碎屑，你們拾撿
一日之飲食：黴黑的麵包
留待日出，乾硬的米飯端放在碗
餐桌空曠，足夠你們爭搶、
寶愛一隻啃過的雞腿
如對待每個明天，你們也懂

生命裡不無殘缺

不無空洞。彷彿你們大大眼睛裡
細小的夢，家門外壓扁、
堆疊的汽水瓶，母親乳房上
乾癟的憂傷，努力拎起
太過沉重的日子與愛
而你們跑跳，肚腹輕輕
沒有多餘的願望和信仰：多好如果
白天短些、夜更深些，這世界
少一點光，
多一點遺忘

夜光拼圖11

後來我們選擇較為簡明的季節
離開霧而成為風景
離開雨而成為盆栽
在容易失足的日子裡
擁有各自良善的鞋
行走，摩擦偶爾
發現鞋底有惡性的腫塊
譬如一些疼痛被踏得很平

我們上街，越過拒馬、
分隔島的裂隙和翻起的磚
適時忘記口號，避開前方坑洞
填起一些憤怒，明白我們
不過是這城市裡最微小的癌

記得旗幟的顏色
記得領取便當
和各自傷口的位置
如此平實、簡單好像
我們挨著彼此，坐下
交換難以下嚥的飯菜

醒來之前——給八八風災

還記得嗎，在你醒來之前
我們曾有數個窗門緊閉的晚上
面對各自滿溢的衣櫥
擦拭未乾的雨傘和鞋
曾經我們得以用水滴落的速率
思索自己和明天的關聯
在你醒來之前，世界曾經
有曠日廢時的雨天

始終下著，生活從來不是
我們得以選擇的布料花色
生活是雷電，是容易受潮的衣領
是小小燭火面對暴起暴落的季節
這樣多情、纖細
彷彿你的記憶起了大水，畏光的夢境
卻不及學會泅泳、不及擁抱
更多的陰雨和黑夜
當你房裡的衣櫃和燈
漂流一整個原野，擱淺
在一片放晴的、
寬廣而陌生的海邊

你來到海邊
陽光正漸次曬出我們的影子
在你醒來之前，不要擔心
傷口或許很潮，水裡
或許有你撿拾不回的想念
不要擔心，這裡暫且無雨
再有溼透的憂愁
也都將一一晾乾、曬暖

在樂園入口

此刻陽光是最好的騙局
我們來到這裡，揣著各自磨破的鞋、
鞋底踏平的疲憊
穿過長途客機、夜間列車
和眾多單向的公路
擁有各種寂寥與窗景
來到這裡，陰暗或發光
雨或未雨，記得自己的臉
記得對鏡
記得抱緊哀傷如一路負守行李

準時抵達一扇上鎖的門前

面對安靜的樂園，清潔、空蕩
像我們最華麗的夢境
反覆羅列陌生的場景：
小丑畫上新的笑臉，隔夜的食物
重新溫熟，一些氣球慢慢膨脹
如嶄新的謊言，輕盈、多彩
彷彿我們攤開早報，長回
最天真的小孩，假裝不懂許願

或者等待。我們來到這裡
卸下生活與憂鬱、影子與愛情
詢問彼此一些問題

而得以辨認自己：門何時開啟？
泳池幾點海嘯？如果上船，漂流
該把包包放在哪裡？我們看見
一條迂迴的河道返回原點
開始漫湧，迴圈漩渦和急流
一些惡意失控的車子開始歡樂碰撞
一列軌道扭曲、摩擦、陡然升降
擬聲一場情節固定的戰爭
在每個角落，遊行定時舉行
我們並肩、牽手，忽然有擁抱世界的念頭

此刻來到這裡，面對門內
摩天輪開始旋轉如鐘，時間
緩緩有了重複的幸福。我們握緊

相同的門票，有所編號
明白陽光在這一日忽然變得明亮、
愉悅交換以小小的恐懼、哀傷
都無非有所次序與盡頭
無非是過多的排隊等候

夜中病房

在夜裡傾聽你的鼻息，彷彿
一列火車自遠而近，輪軌摩擦
時間發出金屬的高音
然後淡去，如同為你熬煮的草葉
在滾水中慢慢舒開蜷曲的肢體
點一盞燈，讓寂靜擁有溫度
讓光淌進門縫，滲過你的指尖、夢境
和體內日形廣闊的角隅
疾病的陰影緩緩攤開、爬行
我正聆聽

從未想過有個夏季如此降臨：
黏膩，但是少雨；有個夜晚
如此坦然而深邃，我面對你
想像窗外一場暴雨
匯流成雲，穿越一座闇黑的草原
來到眼前，敲打我們的思緒
而後梳理
生活的結變得溫馴，你睡著
額前平靜如傘裡的天氣
或一面鏡，疲憊與憂傷自由來去
我正聆聽，所謂喧囂也不過是
一列火車的途經所謂生命

何處抵達、何處過站不停
你無以逆知的遠方有何種光影
譬如我點一盞燈，譬如疾病
在你體內的角隅緩緩攤開、
攤開，直至無有摺痕與憂懼
而你側臥在彼，睡著
未知的夢境裡都有你的呼息
如此平穩、安心，我正聆聽

夜光拼圖06

只是等一籃柿子成熟只是
等時間在你懷裡轉紅、疲軟
然後腐爛
只是一個下午，一些溼透的思緒
交疊如同秋天的雨日
就只是等待，你將傘都打開
把鞋子都塞進口袋，藏好
形狀崎嶇的眼淚

挺直背脊，像倉庫裡生鏽的風信雞
等待候鳥由四面獵獵而來

夜光拼圖18

也僅只是漫漫的等待：
窗子失去倒影，風向失去季節
這一日，氣溫陡降
情緒反面入冬，耳邊有雪
而我們跋涉於一場茫茫的電影
也許交換鞋印、手套
或者磨破的大衣
等待生活失去台詞，沒有人知道

哭是為了取暖
還是不發一語

夜光拼圖22

大雨之後我們點燈
取暖，沒有說話
面對溼透的電話線
面對一座城市，千百個房間
有各自溼透的窗，窄小、
富足而空曠
「情緒還在遠方。」我們跳高、快跑
學習期待記憶如同未來

學習繞道，閃避多餘的電杆、水窪
和其上的反光
懂得離開不只是前行
在大雨的季節裡
回到各自的窗口，安靜觀看
時間一場無能為力的堵車

我們的輪軌欠缺良好的比方

在路上

然後我們停在這裡
回想一部小說的情節
討論一些結局
譬如法蘭克福
譬如維科揚斯克
譬如所有錯綜的航線
都將擁有明確的目的

我們停在這裡，面對一牆過多隔間的窗
掛念懷裡始終失準的錶、

鬆脫的錶帶，和腳上太小的鞋子
面對彼此的疲憊，交換倒影
如同交換那些時差、城市
而忽然有一種玻璃的情緒
無所經緯，光滑且透明
我們小心翼翼。

越過陌生的語言、報紙
以及日期，停在這裡
數算時間起降，一千個行李箱來去；
一千個輪軸滾動
無有遲疑、憂慮
此時陽光尚好，遠山有雲
我們行將過境的天氣

比起一只背包，背包裡未讀完的小說
總顯得明亮、篤定，令人安心

我們的輪軌欠缺良好的比方

是這樣一人的旅行
來回於整列火車的窗景
畢竟我們也曾並肩找尋、拼排
一些輕快的枝節
擁有足夠放心的位址：

疾行的我們；
始終後退的城市

飛行帽

更多時候我們離開夢境
回到陰影這端，試圖編織
試圖擁有一種溫暖
而輕盈起來；更多時候
我們空心、單純
選擇一種思緒
如同一只氣球的色彩
讓自己形狀柔軟
然後明白：更多時候
生活不過戴上一頂帽子
靜靜抵達起飛的姿態

夜光拼圖19

遺失行李某日
我們回到最熟悉的轉角
鞋底有一些多餘的情緒
攤開日子，計數途經
與未曾途經種種
計畫幾場爭吵、幾場跋涉
幾次迷途於對方的影子
而不敢稍動

明白旅行為了離開，相遇
為了擦肩而過
在最空蕩的季節
來到最擁擠的城市
想像我們背對彼此
將一生越拉越遠
這樣走過陌生的大街

車過嘉南

時間躺了下來，在我們身後
記憶遺失聲響，街燈漸次點亮
我們數算，一路前行
數算所有相似的地名：
埤頭、大埤、新營、柳營
也許提起曾經
一些臉孔置換另外一些
地圖上有過多的謎，我們爭論

一些路向，此刻安安靜靜

我們前行，遠方有停滯的風景
以及思緒，越過午後一場暴雨
路牌溼漉未竟，越過眾多圍牆、溝渠
越過生活被圈起、被放心羅列
如同洋面上的島嶼
明白日子不過是方格，拼湊
陽光與陰影、黃熟
與未黃熟的都有飽實的外形

如果一切終將顯露，我們前行
依次攤開錯綜的地景，暗夜裡
忽然感到透明；如果我們攤開

一件陳年的雨衣因此變得平坦、
無有憂慮，我們前行
學會明暗之間相互體貼
記憶變得安穩，因為沉默
而終於擁有相同的口音
照見萬里平原如一面大鏡
時間躺了下來，沒有聲音

旅次

後來我們更樂於成為離開的部分……
在多雨的假期裡，留下一些
盆栽、筆芯、未及清洗的衣物
一些潮皺的思緒
盡力保持蒼涼的外形
離開摺疊座椅，離開城市
錯過了幾個嶄新的節日
逐漸成為空房，季節裡
過於清醒的門窗
彷彿我們預先寫就的明信片

總是逾期抵達：
「行李依然擁擠，生鏽的
罐頭尚有一些，日照充足
一路有霧。」

節慶

終於我們得以就一盞燭光
聚集，彷如噴泉之於廣場的鴿群
島之於海魚
把複雜的思緒紮整乾淨
堆疊起來，縱一場火
我們繞圈，燃燒一村的黑夜
如此輕易：沒有什麼不必然的灰燼
譬如我們一輩子的記憶
停下腳步，朝手心端望

世界還在很遠的地方，
天真、多情
而無從聞問起我們的節慶
以至明天，把過期的鞭炮罐頭打開
就有稀疏的淚水滿溢出來

夜光拼圖17

這樣走過大街，一個假期
穿越人群，遇見熟人
和彼此不熟的部分
沒有更多，繼續親吻與行走，
歡快與無聊都有相似的面孔
彼此寒暄，走進同一家餐館
背對背拿起同一副碗筷
「你看，」有時最為世故的幸福就只是
一起吃一碗麵
一起咀嚼，一起流汗

把冷氣打開
然後看見海

「海岸都走遠了。」
你把骨頭吐出來
像丟掉一些太柔軟的愛

星期一男人和他的咖啡杯

「我曾經擁有一扇窗
因此離開了光
成為一株羊蕨而非其他。」那男人
聲音像草原，臉上穿越一千隻瞪羚
沒有抬頭，眼神落進咖啡
杯緣輕裂，彷佛星期一
憂鬱是好的，透明是好的，這城市
天色拘謹，有人擦肩
情緒有所隔閡
是好的

「離開是好的」，他收拾口袋
幾枚銅板、鑰匙、鈕扣
和鬆脫的錶帶
離開多雨的路口，等一個紅燈
繼續談論下一場球賽、下一個情人
以及假期「有下一個紅燈是好的，
車陣是好的，過多的等待是」
他把手錶調慢，時間抵達
他的側臉，有人從身後追來

稜線

更多時候我們站在山的背面
沒有光影，沒有來路
說明一場過於冗長的約會
歷經幾次分手，幾次腳印
及其泥濘，岔路
及其盡頭
擁有一些開闊的日子，沿途
遺失背包
而錯記了最感動的那段故事：
「你還是我的，」但時間不是

我們也許並肩走來，也許同時
踏進一座滲水的涼亭
躲雨，談論翻過的山
談論離開，藉由吵雜
而得以說明自己
從此一路往下，戴上帽子
成為另一種人

夜光拼圖02

「海岸都走遠了。」
「噓，」你說，拾起涼掉的菜飯
攤開，擺放整齊
彷彿遠方的宴會
我們面朝兩邊，學不會跳舞、
寒暄，也聽不見音樂

夜光拼圖15

選擇一種結局譬如
深夜爬上頂樓，練習望遠
找到陌生的對象
練習擁抱
想起一些陌生的街道
曾經擁擠，曾經牽手側身
偶遇了哀傷
及其美好

都有善於遺忘的面孔：

昨夜一起跳舞的那人、
多年前合照的鞋
都不過是深深的愛那麼
猛然擦了肩彼此微笑
那麼無關

夜光拼圖10

忽然擁有對白和字幕，這一日
忽然擁有堅強的意圖：
所有廢墟曾經樂園
悲傷曾經擁擠，所有小孩
都曾是完美的神童
如此許願：對幻想誠實
對盆栽忠貞，逐日向陽、澆灌
也有更為世故的幸福

「別擔心。」一些人偷走劇情
「一些人演戲。」
台詞用盡之後，我們坐下、
睡著，電視機裡
選擇最入眠的那種結局

愛著並且沒有損壞

練習

練習開始一個音階
練習摺疊
開門、關門，把窗戶鎖上
練習看見光的全貌
如同你在鏡子裡
試圖找出第二顆心
練習側身，夢與愛的觸口
練習鑿刻你的影子
以及生活的每道褶痕
粗陋、繁複

彷彿經年不癒的傷口
在時間更為陰暗的那邊
練習歇腳，練習擁抱
而一切正當開始，我們練習
練習一條巷弄，一個房間
兩扇窗的故事

秋蛻

到底是不能懂的，這夜色
風雨的來向，日子如何枯黃、
脫落，我將滿地語字拾起
收放整齊的抽屜，到底不能
不能懂的沉默與焦躁
開開闔闔，你的影子溼了又乾
如同我們隱隱發皺的記憶
試圖放進鞋底，我們到底不能
被安心地踏平，疊在一起
不能只是兩只相愛的蛇皮

對坐——給Y

那時我們尚有一些孤寂。
陽光尚未離席，影子尚未
變得明朗，暴雨尚在遠方
一些情緒慢慢乾燥、
堅硬，一些傷口慢慢痊癒
時間輕摳著痂，還沒習慣保持緘默
彷彿我們對坐兩岸，聽見生活
發出龜裂的聲響，輕輕

成為片段：鑰匙與罐頭、
電視與窗、窗台、盆栽
及其葉脈，葉脈上密密蔓長的憂傷
那時我們仍保有各自的疾病
和一些隱喻，保有幾行對白
談論天氣與愛情、晚餐與饑荒
尚未顯得拘謹
而漫不經心——讓寫定的被朗誦
如開始一趟計畫過久的旅行
發生所該發生，誤解
所該誤解，讓所有地圖相疊
倒置我們合理迷途其間
然後發問：如何只擁有一個指南針
如何辨別來向，如何相望

而明白間隙之必需？
那時我們還能期待一些問題的來由
譬如生活的河流漫湧
世界分作兩堤，我們對坐
逐日擺渡小小的死亡和夢
那時屋簷對坐屋簷，窗對坐窗
沒有暴雨穿行而過，一雙眼睛
看見了彼此，始終沒有擁抱

夜光拼圖05

冰箱是煩躁的，
玻璃是遠的，這房間
忽然擁擠起來
海是近的，鑰匙是壞的
孑孑然的鞋子
是被允許的，但你可能不是
不是善於等待的
每個窗台，把自己打包起來
隔一條街
蛹一般排列

大寒

雪落下的時候我們分坐兩頭
點燃各自的火爐
或一種結局，在兩個城市
讓足跡慢慢融化成為海
成為波浪，像日子
不摺疊而僅是拍打
你換穿一式的內衣
情緒有了岸有了提防

為潮汐找一個恰當的比方

該沉默的時候我坐好
沉默，翻讀一些臉孔
如參略一本曆書
有所次序，情感有所準備
預測一場從未發生的大雪
「今日大寒」，我們因此擁有火炬
擁有疲憊，和清醒
而易於受凍的心
雪落下的時候沒有人顫抖
沒有人感到溫暖

無雜訊

總有些情節易於更替
有些陰晴易於拆解、重構
成為另一種天氣
彷彿我所持續往復的
一冊書的兩端，試圖
讓所有沉厚的故事單純、透明
「那不重要。」你說，
時間恆常細碎、多餘

而我所不能忘記

曾經那麼一天，一個下午
地圖的始末：我們相偕
走過整座城市的牆面
找到唯一合宜的磚縫
坐進去，如套入新裁的衣衫
將彼此安置成最為體貼的世界

在我們相互平行的背影裡

我穿越第二座平原
你穿越夏季，信裡面
字跡穿越日夜，刪改明暗
還沒抵達準確的意義

窗外的風景穿越雨
成為夢境
一路南移，無有時差

如果我們錯身
不意把彼此留在原地

兩岸

之後便不僅是一個擁抱的事：
你面對我，以及一片海洋
心事顯得寥落而渺小
「我懂。」這一刻或許可供紀念
回到往復多年的情節
都有相似的開始：
有人善於留下
有人則樂於成為離開的部分

想像你在遠方的城市
節制，並且多餘
按時調整記憶彷如
逐日替換理好次序的內衣
這一刻我或許得到一些風景
陌生，而近乎透明

夜光拼圖03

突然又明亮起來，這房間
和聚滿影子的陽台
突然失去人聲，變得寬廣、
溫暖，學會幻想和期待
前方有雨掩至；我們被丟下
站在那裡
兩株早熟的向日葵
天真而自負

留一只手套在北京

有些時光漫不經心
譬如找到自己，離開你
譬如留一只手套在北京
回到不下雪的城市
逐日收看氣象，增減外衣
為著一個遠方的冬季
努力生火，努力禦寒
在面海的牆上
努力踏出不融化的腳印

想像一些雪花
有不忍破碎的外形
一些不在場的說辭
從此更加真實、篤定
關於未完的故事，或其影子
來回所有路口，猜測各種
轉折與來歷。我習於尋找、
丟失、相信生活就是
不斷打開錯誤的抽屜
找到對的東西；
所有不期而遇
都有分開的結局

譬如我們分處冬季的兩頭

兩座城市，一道海流
變得完整、堅硬
有時是更美好的自己：
期待海水結冰，感到溫暖
有所延續
而不意想起一只手套
鬆脫的線頭，和其脈絡
沒有擁抱的念頭
一只手套在北京，沒有更多

一些

一些沉默擱在腳背
一些襪子離開衣櫃
鬆了線，保有對稱的趾節
在夏天之前
所有鞋子都得到
更寬廣的地圖，地圖上
揉皺的愛的比方：

一些巷弄回到夜晚
一些城市慣於熄燈
好不好不如我們
跳過睡眠
直接來到死的部分

愛著並且沒有損壞

始終不是簡單的事：
我們面對一窗陰鬱的風景
愛著並且沒有損壞
面對遲來的地鐵
尋找下一種自由的方式
彷彿日曆從牆面脫落
時間在夢裡起身的姿態
我們始終置身

一個過於輕易的年代：
光影疾行，寂寞空虛而華麗
一些想像顯得狂暴
且太過實心。我們站在柔軟的陽台
照看整座城市的人匆匆
走過傷疤橫行的天色
我們未曾熟稔的季節
始終不忍善良以待：

衣櫃裡的魚始終堅強地病著
趁驟雨來襲之前
再次游離我們愈漸明亮的房間

留聲機

也不過這樣愛過了：
乾涸的魚缸、漏水的牆
一些對白離開彼此，各自蜷曲
瑣碎，成為片段
開始疊積日子如疊積杯盤、
信件、報紙、鞋印
都依序有所編號，有所席位
而顯得惶惶不安

開始學習原地打轉，明白重複是遺忘

停下是離開，過多的計數

是謊言和深夜愈加清醒的站牌

在第十次相遇的路口

偶然是互相碰撞，不意傾其所有

交換了口袋，在人群之中

試圖只擁有一個影子，試圖牽手

受困於同一個夢境，試圖往復

曾為你設想的花園裡

枝條未剪，春雨遲遲未來

對面的長椅新上了漆

從此不再相見的人

還端坐在彼，不肯離開

夜光拼圖12

也只是排列一些蛹
如排列一個夏天
曾有善於擁抱的蝴蝶
只是一只受凍的杯子不忍碎裂
不忍誰敲門了
恰巧不在

「其實無關緊要，無關」

你我，以及那些未拆封的地圖、
城市和陌生的名字
未曾標記，未曾擁有次序
不過一場最遠的旅行
走到巷子盡頭
遺失了行李

夜光拼圖21

不過如此了這夏天
生活背海而行，我們遇見
像兩只孑然的鞋子
留下花紋繁複的腳印，重複
一些淺淺的幸福：
我們抓癢、梳頭、做愛
進入彼此最深沉的口袋
擁有脫落的線頭，情緒偶爾

失去比方，穿插一些細節
而不意感到厭煩，不過如此
跳一支舞，說一個故事
有冗長的開頭，我們忍耐
一個灰色的夏天久久不雨
把所有陰影緊緊疊在一起

〈後記〉

細節、碎片與隱喻

那時恆常覺得日子過得像堆碎片。

那天走出電影院的時候已接近午夜，終於空曠下來的初夏城市隱隱透著躁動，我穿過那些彷彿從陰影裡翻出的另一面光景（持菸縱聲談笑的男女、拖著書包遊蕩的高中生、蜷坐在便利商店門口吃一盒便當的流浪漢），找尋路口矗立的明亮站牌，趕最後一班捷運。在城市的第五年，晚歸已經不是什麼新鮮事，從一開始驚訝於眾多深夜未歸的同路人，到現在習於在明亮的車廂裡，沉默地對視、交換彼此的疲憊，隱隱共有著「今天到底都做了什麼啊」、時間荒廢長日將盡的感傷，並且因此感到些微體貼和溫暖。我喜歡這樣只屬於陌生人的（或者更像是詩人和讀者之間的）、幽微而疏離的默契。

列車在沉睡的城市底下前行，空蕩蕩的走道使得車廂像個三面環鏡的電梯，似無止境地複製著同樣的空間，載著我們徒勞地前進。車窗外沒有移動的風景，一片空洞裡記憶自動翻湧上來，我望著黑暗中益顯睏倦的自己，腦中胡亂閃過未定稿的詩集、醫院裡即將接手的工作、與朋友共同籌備的計畫等等瑣事，忽然想起遠方的家裡就有那麼一個電梯。小時候總愛看著鏡子裡那個無限延伸的世界，隨著腳下的地板緩緩上升，揣度未來將往哪裡去。

而之後的日子就像打開一連串嶄新又彼此相仿的房間。我跨過幾乎整座島嶼來到這裡，和城市裡大多數的同輩人一樣，往返遷徙於各個宿舍和校區、遊走過一個又一個工作地點，和面貌各異的人與感情擦身而過，重複著熱忱與厭煩、希望與失望、相遇與離開。偶爾拋下一切遠行，卻在不久之後悵然地發現又回到了原地，繼續在眾多矛盾場景中反覆切割著自己；對於時間的焦慮始終存在，並且持續向外擴散像個基因命定的癌，那些相似的困境來來去去，卻總找不到一個完美的說法讓自己釋懷……

我這才發現，許多無意的細節，常常在無所知覺的時候，就早早成了未來的隱喻。譬如和後來再不相見之人最後一次道別時無意漏說的再見，譬如那座陪伴我多年的電梯，譬如早餐店老闆吐司裡少給的蛋開啟了丟三落四的一天，或者譬如〈夜光拼圖〉這個我在多年前立下而後中斷的標題，意外又被重拾、續寫為這些年生活的註腳，最終成為這本詩集的命名。

那些充滿隱喻的意象恆常在側。「夜光」在黑暗裡才顯出明亮；「拼圖」是斷裂，也是完整。矛盾、細瑣、破碎、反覆，生活大抵如是。班雅明（Walter Benjamin）面對機械大量複製、靈光消逝時代的藝術，提出以「獨一無二的當下真實」作為抵禦。百年之後，面對與機械技術逐漸趨同、細節彷彿商品被大量複製的生活，詩的歧義與誤讀，或許正是貼近真實最美好、適切的方式了。

當然，創作之初我從沒想到這些。這本詩集距離開始寫詩已有七年的時間。七年有多長？英國紀錄片導演Michael Apted曾花四十九年時間，每隔七年記錄十四名七歲小孩長到五十六歲的過程，拍出一系列影集*The Up Series*。七年之間有人放棄原本信誓旦旦的夢想、有人遠走他鄉開始另一種生活，發誓不結婚的生了三個小孩、矢志考上哈佛的從大學休學、宣稱遇到完美另一半的閃電離婚。每一集那些彷彿全新的人物總讓人驚愕，然後開始揣想攝影機之外的七年是如何暗流一般地，逐漸將他們推搡到從未想到的地方。他們是怎麼成為現在的人？未來又會不會順利成為他們想像中的樣子？作為旁觀者的我們問，現實生活裡我們卻也是那些疑問的一部分。那些密布在時間之流中、抵達與離開之間的日常碎片，往往有著令人困惑的輪廓，有時我們幸運地辨識、拼組出其中的脈絡，大多時候我們則把那些無從解釋的推諉給命運，用習慣來假作坦然與堅強。

「我們從哪裡來？要往哪裡去？」似乎已是這座始終尷尬存在的島上，最能引起集體焦慮的兩個問題。

「我要往哪裡去？」潛心書寫的時候也常常這樣問自己。七年前我看著電梯裡無限倒影的自己，大概沒想過有天會走到這裡。我不知道下個七年，甚至下下個七年，我會長成怎樣的人。寫詩是這樣孤獨而沉默的事，我不知道南半球會不會有身邊蝴蝶拍翅引起的颶風，遠處有沒有為在地球另一端沒沒無聞的歌手群起瘋狂的國度，我甚至不知道在這座城市的某個角落，有沒有人比我在乎他們更多一些地，在乎那些閃爍於生活或詩句之間的、微微的疼痛與感傷。

我不知道，我只是寫——撿拾那些片段，期待藉由拼湊、連接一些重複的關鍵字，能得出一個較為完整的圖像，解釋生活，更多的時候解釋自己。

於是關於未來的細節隱喻還有一個：那天晚上臨時起意看的Baz Luhrmann版《大亨小傳》（*The Great Gatsby*）裡那個令蓋茲比魂牽夢縈、癡望多年的，重重濃霧裡透出的迷幻綠光，一直是看過一九七四年版電影後最令我難忘的物項。多年後時空挪移、人事代換，那道綠光在迥然不同的舞台背景下，以同樣有力的姿態重現眼前，彷彿又照亮了一些歲月裡被遺失、捨棄的片段，從記憶的深邃谷底被牽引、浮現出來。我想起那個悲劇故事的末尾有這麼一段：「蓋茲比相信那道綠光，那道如同在我們面前一年年消逝的、瘋狂美好未來的綠光。（Gatsby believed in the green light, the orgastic future that year by year recedes before us.）」

我的確相信碎片能夠發光，細瑣可以隱喻可以美好。望著它們，拼湊那些重複或許也能讓人感到幸福。

〈推薦二〉

敏感如一顆疼牙

陳育虹

波蘭詩人Anna Swir覺得詩人必須敏感如一顆疼牙，主修牙醫的禹瑄正是這樣一顆疼牙。精緻的筆觸，彷彿隨手拈來的意象，是構成禹瑄許多好詩的顯性因子；但她的詩另有更重要的支撐：音樂性——禹瑄的「絕對音感（absolute pitch）」與對「彈性速度（rubato）」的掌握，讓她的文字像是，可以這麼說嗎，蕭邦或德布西的小品。

〈推薦三〉

詩是世界的拼圖

郭哲佑

常聽到有人說新世代面目模糊，我總不免覺得憤恨不平，而又啼笑皆非。君不見處於這個世代，詩集一年可以出版一百本，各種光怪陸離的詩觀與詩文本一再挑戰讀者，詩作本身幾乎退居其次，更重要的反而是其所展現的個人臉譜，標舉的某些生活品味，詩集彷彿百花齊放的博覽會，每個人都在自己的主義裡找到意義。於是弔詭的是，詩的真摯既被推崇又被淹沒，若不標新立異爭取曝光，製造一套專屬自己的陌異化語言，往往被部分詩人目為安全無趣，難有啟發。風格究竟在哪裡？如果只談風格而迴避美學，那麼，許多將近似於網誌心情文集結成冊、自費出版的年輕作者們，也往往驚天動地鋪排了一些文壇難見的創意作品；另一方面來說，讀詩越多、寫詩越久的用功詩人，受到四面八方的影響焦慮也越深，面對自己的作品更常覺得眼高手低，動輒得咎。七年級詩人廖啟余曾寫：「我能寫什麼詩呢？／我有何才華／配得上初初寫詩那些人／的勇敢？」（〈完成〉），勇敢與魯莽是一線之隔，這首詩不知說中多少夜半撚鬚苦吟的才子們。

相較各種跨界於小說、戲劇的詩創作，禹瑄正統且正式，她的詩彷如高中教科書的範本，善造意象，善做修辭，一首詩就是展示「詩語言」應當如何的舞臺；從而，禹瑄也因此奪下了許多文學獎。但新生代中最被前輩詩人期待的才女，卻有著兩面的評價，安全無趣不多說，更多時候「得獎體」彷彿是種原罪，讓她承受了不少壓力；不只一次，我曾聽聞有人批評禹瑄詩作技巧非凡，短短幾行之內牽扯拉引，運用修辭如特技馬戲一般，實際上卻難見其內容的精粹何在，也沒有獨出的創見或辭庫。這樣的批評，顯然建立在對文字技藝的偏見上，禹瑄專熟於精煉而富意象的詩語言，正巧與當代許多權威詩論相合，卻因此成為她身為「新生代」的陰影，這實在有些不公平；為何對文字負責，可以是一位作家的累贅？雖然，我也必須承認，在上一本詩集裡，禹瑄善於自我反省，又徘徊於各種生活瑣事顯現的靈光，時常顧左右而言他，許多私密的心事的確難為外人道；再加上禹瑄文字功力一流，彷彿又上了一層大鎖，不用功的讀者往往只看見炫目的七寶樓臺，卻難見樓中還有詩人在光影裡流連輾轉，煉石造像。

相信禹瑄絕對明白自己的處境，從上一本詩集《那些我們名之為島的》一路看下來，禹瑄標立的「本格」詩藝更加完整與精熟，但同時，幾個寫作策略的改變卻讓她由虛轉實，彷佛駛離狹仄的孤島，由四通八達的航道進入宇宙中心。首先可以討論的是在轉化修辭的使用上，這方面禹瑄向來得心應手，在上一本詩集中，隨處可得「整夜我們的孤寂晾在床頭」、「我小小的鼾息正藏起影子」、「你踏著沉默越轉越遠」等句子，而在新詩集中，禹瑄卻開始迴避太過輕易的情物連結，而傾向於選擇塑造情境，讓概念融入情節之中，如：

在夜裡傾聽你的鼻息，彷佛
一列火車自遠而近，輪軌摩擦
時間發出金屬的高音
然後淡去，如同為你熬煮的草葉
在滾水中慢慢舒開蜷曲的肢體

——〈夜中病房〉

最大的改變就是物件的增多，概念的減少，抽象的思想或情緒不是被詩人運用修辭牽連在物之上，而是在物與物之間相應而生。如將鼻鼾喻為輪軌之聲，又將輪軌喻為時間，「金屬的高音」是火車行駛途中的軋然作響，也是生命（鼻息）過程的種種艱困與阻礙；隨即這個「高音」又被詩人轉寫為滾水，困境原來可以舒展彼此掩蔽的陰暗面，儘管帶有痛楚，攤開之後，學會的卻是諒解與體貼，仿如一杯苦而回甘的熱茶。在這幾句詩裡，禹瑄已經不走將概念形象化的路子，物件是實在的，脈絡是完整的，修辭不是為了補足概念與現實的落差，而是成為了思想本身。於是，如果思想就是最美的修辭，也就不難了解禹瑄為何這樣寫：

我們新生的島嶼，得以擁有形狀優美的草原
或者盆地，讓過多的石頭得以安置
而不再逗留每扇上鎖的門前
讓所有屋頂敞開，比一隻鴿子
更接近日出與日落，更通曉星圖
並藉此預知了沒有大霧
也沒有大雨的季節，在島上
……

——〈新生之島〉

島、房間在禹瑄的第一本詩集中就是關鍵字，然而若對照〈在我們整建中的暗室〉、〈在我們共同索居的城市〉等舊作，〈新生之島〉則顯得非常乾淨俐落，少了恣意奇想的句子，現在的禹瑄更願意透過景物來說話，用平易的語言營造大千世界的種種面貌，讓讀者明白所有人都身處其中。這個轉變不是突然的，在〈寫給鋼琴〉的系列組詩裡，禹瑄已經嘗試擺脫過多的先行概念，一首短詩就是一個生命場景的側寫，不需要額外解釋；延續到這本《夜光拼圖》，同名組詩顯然有同樣的企圖，不過更冷靜，同時更破碎支離。

這就可以連結到禹瑄寫作策略的另一個轉向。禹瑄的詩向來以迂迴曲折著稱，這自然相當程度的源自於華麗的語言技藝，但更深層的原因恐怕還在於禹瑄總是不斷的尋找更「良好的比方」。在《七年級新詩金典》的詩人小評中，我曾說過禹瑄有關注細節的傾向，其實迂迴的緣由，或許源自於禹瑄對於核心的存在與否感到惶惑不安，選擇鋪排與之相關的瑣碎生活片段，希望能從中收攏、輻輳而隱約畫出其可能的輪廓，卻不敢大言生命究竟有何意義。生活的制約、未來的茫然本來就是禹瑄重要的詩作主題，而在《夜光拼圖》一書，除了同名組詩，禹瑄也保留了〈讓我為你跳這樣的芭蕾〉一輯，延續對自我生活的反省。可注意者，在於禹瑄對此類題材的寫作有兩個轉變；首先如上述，禹瑄詩中的物件增多，於是更可以透過羅列表達情緒的疏離：

穿越整座城市的晴雨
穿越頭版新聞、股市、手機簡訊
我們沉默、低頭
像懷著一個共有的秘密
排隊度日：今天的香水
蓋上昨天，穿同一雙鞋
遇見同樣陌生的臉

——〈方格旅行〉

新聞、股市、簡訊、香水，在詩中很難說是絕對不可替換的，但這些東西構成了一首詩實在的情境，模擬出一座疏離城市的氛圍氣韻；換言之，這些羅列的事物本身就是形塑情境的構件，仍然要透過讀者自行「由實轉虛」。只不過，把個人情緒放大到外在環境來談，使得整體而言禹瑄詩作的格局顯然更開闊了——此處的開闊同時還有關懷層面的意義。同樣書寫生活，在上一本詩集裡，看到的是年輕詩人的游移徬徨，每首詩作雖然題材不同，但幾乎都從詩人敏銳而幽微的情感出發，表達對世界的無能為力；而在《夜光拼圖》裡，同樣的主題依然存在，卻可以看到禹瑄開始走向「陽台」，發現離開房間，「一切自然更為寬廣」：

話題得到整頓，姿態修正
可疑的記憶都將再次
擁有複雜嶄新的位址
於今蜷縮門口，安安靜靜
如一張飛過大洋的明信片
篤定、輕盈、無有時差

——〈流徙〉

這並不是對現實的屈服妥協，相反的，是對現實有更深的洞悉，明白自我對話無法得到完整的解答，透過抽離後再次介入，這些昔日的困境像是「明信片」，寄件人就是收件人，但當中的內容已經經過時空的洗鍊，折射出不同面貌，人也從中獲得了體悟。於是，把個人放回時間，把時間放回歷史，歷史則兼帶有空間意義的轉變，禹瑄遂可以完成〈牆外〉、〈三七仔〉、〈醒來之前〉、〈車過嘉南〉等作品，且重要的是，禹瑄強調的已經不只是世界的無常與人們的渺小，身在其中不只有寂寥虛無，還有種種寬慰與諒解。

最後，從一個小小的地方也可以看見禹瑄書寫策略的轉變。在第一本詩集中，禹瑄最常使用第二人稱，幾乎每一首詩都是從「你」的角度出發，時而有「我們」穿插其中，反而少見「我」的聲音。可以說，作品中的「你」既是指讀者，也是指作者，企圖用旁觀、冷淡的視角交代情節，其實也顯露了主角的羞怯與糾結不安；而在新詩集中，禹瑄顯然願意打開心結，第二人稱為主的作品大量減少，「我」開始參與其中，在詩裡經歷每一個思考的轉折，曝露心神的交疊拉鋸，以更真誠也更誠實的面目對待世界。

我和禹瑄相識已久，有著「革命情感」；但其實我們二人作品風格差異不小，詩觀也不完全一致，以上種種想法，或許也只是美麗的誤讀。禹瑄是用功的，透過精煉的技藝，她的詩實現了詩歌語言的理想典範；而透過題材的擴張、書寫策略的改變，禹瑄也讓自己證明了「詩之所以為詩」之必要，不只在於風格，還在精神。一首詩，不是文字遊戲，也不只是標舉個人姿態的工具，而是詩人生命中不可或缺的拼圖，由內而外，對應世界的殘缺。這些拼圖，彷彿為我們指出許多失落的心靈孤島，串連起來，就是暗夜行路中的一點星光。

〈附錄〉

當我做著你的夢——與楊佳嫻紙上密談

楊：在《紅樓夢》裡，「病」是「愛」的代稱，在Susan Sontag筆下，「病」是美學、道德與歧見的產物。在你看來，「病」是什麼？「病」與「詩」（或者文學）的關係，又是什麼？

林：認真說起來，我覺得詩人／寫作者都（不可避免地）是有病之人。在普羅大眾的認知裡，那些強加在詩人／寫作者之前的形容詞諸如孤僻、憂鬱、偏執、敏感、陰鷙，或者是各種對於他們（我們）的形象描摹包括長期蜷縮於陰暗斗室離群索居、習於徹夜趕稿以致面容憔悴日夜顛倒、言談間睥睨世俗自我感覺良好、滿懷理想憤世嫉俗又不切實際、人群中時常格格不入表現得古怪而疏離……，用口語一點的話來總結，大概就是「很有病」。

但誰又是沒病的呢？近年來新聞媒體常將那些難解的社會議題歸結於「社會生病了」，朱德庸一個在《蘋果日報》的長期漫畫專欄就叫「大家都有病」。分分合合在一起不在一起都痛苦的情侶、天天喊著要出國休假卻仍日復一日加班到深夜的上班族、觀看假球賽的男人買偽名牌包的女人，各種口是心非、表裡不一、反覆無常、惺惺作態，即使沒有表露於外，每個人或多或少都有些病態思想，否則大概也不能算是正常人。

然而什麼是正常？在醫學術語裡，病和正常（normal）相對，對於那些沒病的我們在病歷上以一字「正常」概括，關於「有病」的描述則有千千萬萬種。病中有病，變異之外仍有變異，相較之下，「正常」顯得無聊而單薄。被歸在疾病範疇裡那些令人費解的症狀表徵（急性或慢性、初期或末期、可完全康復或難以治癒……），才是醫者們關注的對象。

病是不正常、是乖離，卻也是各種矛盾苦痛交雜的產物、心思扭曲想像延伸的場域。而詩／文學似乎也正是如此，將那些在生活裡容易被忽略的疼痛，以幽微而多變的方式攤開，期待有人能悉心審視、梳理。疾病就像所有我們不忍逼視的現實，在文字裡一一現形；我們都有（或終究會有）病，這一點無庸置疑。

於是有時候我也樂於當個有病的人，寫有病的文字。保持生病的熱度，關心這個很有病的社會，我想是有病的我們所能做的最正常的事。

楊：詩的要義為何？是顏色光影聲音冷暖的溶解分合，還是意義與意象的密合，還是異見與俗見的針鋒相對？是拔掉靈魂的蛀牙，還是重建思想的齒列？

林：老實說我不清楚。作為一個創作者我是比較任性一點的，我在詩裡所關注的那些事物的本質（或者要義），往往把我帶到離詩本身很遠的地方。對於詩我期待的是更多變、更無法定義的形象。如果所謂的要義真正存在，我希望詩是最後一個需要有（或者被找到）要義的物項。

回答不知道會不會顯得太過草率？Wisława Szymborska在諾貝爾得獎詞表示詩人有說「我不知道」的義務和權力，如果我還寫詩，或許也能稍稍當作推諉自己無知的藉口吧。

楊：詩與現實距離有多遠？或多近？或者無關？

林：如果以「想像」和「現實」兩個名詞對立，詩的確往往是靠近「想像」多一些的。但我寧願相信想像也是現實的一部分，而詩只是用想像去迂迴地貼近現實。詩追求美好，現實往往醜陋，然而詩最迷人之處就在於它並列各種對立元素所造成的誤讀與歧義，從醜裡煉化出美。與現實隔絕的詩大概就像那些充斥煽情拗口對白的電影，只剩下無病呻吟和矯揉造作了。

或者說，我期待詩能在想像裡一步步靠近、最後等同於現實，畢竟風花雪月的人生，過久了可能也有點無聊。

楊：胡適說，「你不能做我的詩／正如我不能做你的夢」，但是詩一旦發表，就有尋求溝通、分享的意味。寫作者是否可以打破「不能」？詩和讀者的關係為何？

林：某種程度上我是相信 Roland Barthes 那句被重複到爛的「作者已死」的。作為一個常常忘記自己寫過／講過什麼的健忘寫作者，我容忍、甚至期待讀者的各種誤讀，唯一堅信的是生活的本質無法改變，不同觀點解讀下，其實有著同樣的感動。而那難以形容的、或細緻或龐大的感動，似乎就足以讓作者和讀者遙遙溝通了。

由於文本的特質（隱喻叢生、歧義難辨、晦澀難解……），詩和讀者的關係常常是更為疏離的，寫詩更是比寫小說散文加倍孤獨的事。電影《尋找甜祕客》（Searching for Sugar Man）裡最讓我淚流不止的片段是Sixto Rodriguez飛過大半地球，首次面對南非滿場的觀眾，在唱起二十多年來始終為美國大眾所漠視的歌曲之前，長長的沉默後說了一句「謝謝你們讓我活著。（Thank you for keeping me alive.）」儘管有再多的偽裝，作者／詩人仍是藉由文字，依靠讀者生存的身分，那些若有似無的心有靈犀，常常隱隱仍是創作者在筆下寄託孤獨的對象；許多時候，得知有人在乎或者做過相同的夢，比到過那些夢境更令人震動。

國家圖書館預行編目資料

夜光拼圖／林禹瑄著. --初版. --臺北市：寶瓶文化, 2013. 7
面； 公分. --(Island；204)
ISBN 978-986-5896-38-6（平裝）

851. 486 102013863

寶瓶文化事業有限公司 AQUARIUS

island 204

夜光拼圖

作者／林禹瑄

發行人／張寶琴
社長兼總編輯／朱亞君
主編／張純玲・簡伊玲
編輯／賴逸娟・禹鐘月
美術主編／林慧雯
校對／賴逸娟・陳佩伶・劉素芬・林禹瑄
企劃副理／蘇靜玲
業務經理／盧金城
財務主任／歐素琪 業務助理／林裕翔
出版者／寶瓶文化事業有限公司
地址／台北市110信義區基隆路一段180號8樓
電話／(02)27494988 傳真／(02)27495072
郵政劃撥／19446403 寶瓶文化事業有限公司
印刷廠／世和印製企業有限公司
總經銷／大和書報圖書股份有限公司 電話／(02)89902588
地址／台北縣五股工業區五工五路2號 傳真／(02)22997900
E-mail／aquarius@udngroup.com

法律顧問／理律法律事務所陳長文律師、蔣大中律師
如有破損或裝訂錯誤，請寄回本公司更換
著作完成日期／二〇一三年五月
初版一刷日期／二〇一三年七月二十四日

ISBN／978-986-5896-38-6
定價／二六〇元

財團法人|國家文化藝術|基金會 補助出版

AQUARIUS 寶瓶 文化事業

愛書人卡

感謝您熱心的為我們填寫，
對您的意見，我們會認真的加以參考，
希望寶瓶文化推出的每一本書，都能得到您的肯定與永遠的支持。

系列：Island204　**書名：夜光拼圖**

1. 姓名：＿＿＿＿＿＿＿＿　性別：□男　□女
2. 生日：＿＿＿年＿＿＿月＿＿＿日
3. 教育程度：□大學以上　□大學　□專科　□高中、高職　□高中職以下
4. 職業：＿＿＿＿＿＿＿＿
5. 聯絡地址：＿＿＿＿＿＿＿＿＿＿＿＿＿＿＿＿＿＿＿＿

   聯絡電話：＿＿＿＿＿＿＿＿　手機：＿＿＿＿＿＿＿＿
6. E-mail信箱：＿＿＿＿＿＿＿＿＿＿＿＿＿＿＿＿

   □同意　□不同意　免費獲得寶瓶文化叢書訊息
7. 購買日期：＿＿＿年＿＿＿月＿＿＿日
8. 您得知本書的管道：□報紙／雜誌　□電視／電台　□親友介紹　□逛書店　□網路

   □傳單／海報　□廣告　□其他
9. 您在哪裡買到本書：□書店，店名＿＿＿＿＿＿　□劃撥　□現場活動　□贈書

   □網路購書，網站名稱：＿＿＿＿＿＿＿＿　□其他＿＿＿＿＿＿
10. 對本書的建議：（請填代號　1.滿意　2.尚可　3.再改進，請提供意見）

    內容：＿＿＿＿＿＿＿＿＿＿＿＿＿＿＿＿

    封面：＿＿＿＿＿＿＿＿＿＿＿＿＿＿＿＿

    編排：＿＿＿＿＿＿＿＿＿＿＿＿＿＿＿＿

    其他：＿＿＿＿＿＿＿＿＿＿＿＿＿＿＿＿

    綜合意見：＿＿＿＿＿＿＿＿＿＿＿＿＿＿＿＿＿＿＿＿＿＿＿＿＿＿＿＿
11. 希望我們未來出版哪一類的書籍：＿＿＿＿＿＿＿＿＿＿＿＿＿＿＿＿＿＿

讓文字與書寫的聲音大鳴大放

寶瓶文化事業有限公司

（請沿此虛線剪下）

廣告回函
北區郵政管理局登記
證北台字15345號
免貼郵票

寶瓶文化事業有限公司　收

110台北市信義區基隆路一段180號8樓
8F,180 KEELUNG RD.,SEC.1,
TAIPEI.(110)TAIWAN R.O.C.

（請沿虛線對折後寄回，謝謝）